일찍 늙으매 꽃꿈

일찍 늙으매 꽃꿈

이 선 영 시 집

창작과
비평사

차 례

제1부

낙엽

남대천은 물살을 거슬러와 그 품에 사력의 알을 낳은
어미 연어를 거둬 강물에 둥둥 띄워 보낸다

식충이처럼
이빨이 서른세 개나 남아 있는 일흔 살 오린 할머니는
아들 등에 업혀
한번 가면 되오지 못하는 곳,
나라야마(楢山)에 가야 한다*

나는 당신의 세계를 함께 가꿔왔던 한장 나뭇잎
그러나 당신은 이제 저 밑 뿌리에서부터
배반의 수액이 움틀거리는 가을
자연의 나무

때가 오면 저처럼 순순히 떨어져내려야 한다
내가 기댄 한 세계였던, 혹은 연인이었던 나무의 또다
른 미래를 위해

나는 한장 자연의 잎

* 이마무라 쇼헤이 감독 영화 '나라야마 부시코'.

선인장

내 안에 들어오면
모든 꽃들의 잎은 가시로 변한다

바람이 불면
눈송이나 꽃가루 나뭇잎사귀 아닌
모래와 먼지만 자욱이 날아다닌다

잎을 버리는 꽃들은 제 몸에 날카로운 가시를 꽂고
　잎을 버리지 못하는 꽃들은 제 이파리를 부여안은 채
말라 죽곤 한다

　내 안의 사막에서 원(怨)을 품고 태어난 그 수많은 가시
들이
　나의 내장과, 피와, 살,에 닿으며
　나의 내장과, 피와, 살,을
　찌르고 찔러댄다

내 안에 들어오면
모든 꽃들은 선인장이 된다

화사한 봄 벚꽃이었던
수려한 산수유나무 이파리였던
눈부신 백목련이었던
너, 당신, 늘 처음으로 다가오는 사랑, 나의 혈육, 꿈,
깨질 때까지 걷잡을 수 없이 금을 내고 마는 욕망들

나라는 사막을 견디려고
모든 꽃들은
타고난 잎을 버린다
나는 내게로 들어오는 꽃을 주저하듯 모조리 삼키고
꽃의 이파리들이 흉물스럽게 가시로 변해가는 모습을
무심히 바라보거나
여린 꽃들이 이따금 죽어가도록 내버려둔다

실은, 나는,
모래땅에 여러 개 선인장들이
저마다 가시를 세우고 늘어서 있는 광경이 들여다보이
는
조금 더 커다랄 뿐인 선인장이다

풍요의 모래바람이 부는 막막한 사막 한편에
가시 링거를 온몸에 꽂은 채 숨쉬고 있는

마른 꽃

시들고야 말았다
식었다

그대에게서 오래 전 받은 따뜻한 꽃 한송이

벽에 거꾸로 매달린 채 하세월

사랑은 말라붙은 꽃만 남기고
기어이 그대를 벽에 꽂아놓진 못했어도

내 마음 깊은 어디쯤에
딱딱하게 걸려 넘어가지 않는 마른 꽃

속이 다 비고도
바스라지지 않는

시든 꽃

저 꽃의 영혼은
추워서 방으로 들어갔단다

겨울 집밖을 나서다 보니
시든 꽃 한송이
영혼이 저만 따뜻한 곳 찾아 들어가버린

아니면 시들어가면서 꽃이
영혼 먼저 들여보냈나?

영혼이 놓아두고 간
시든 꽃잎들은
이제 아무데로나 떨어져내릴 것이다

추위를 견딜 마지막 힘조차 잃었는가

방 안에서 잠시 쉬었다

봄이 되면
다른 꽃을 찾아들리

꽃들은 끝내 시들고
시들지 않는 영혼만이 천년 만년 새로운 꽃으로 옮겨
다닌다

생각은 감자 비린내처럼 강하다

유감스럽게도 나는
단단한 호두껍데기가 못된다
비록 호되게 깨지는 순간이 온다고 하더라도

나는 혼자서 실없이 터져버리는 무른 연시다
껍질이 갈라지고 그 틈으로 비죽비죽 속살이 터져나온
형편없는 내 모습을 상상해보라
나는 총알 같은 고추씨를 입안에 꾹 물고 있는 매운 고
추가 되고 싶다
그런데 이 물러터진 감인 내가 붉고 딴딴한 단감으로
변하는 신통한 때가 있다
생각이 미혹의 꽃을 들고 나를 찾아오는 때다
생각은 감자 비린내처럼 강하다
생각은 나를 하나로 모은다
하나의 꼭지점으로 몰려드는 몇개의 부챗살이나 바퀴살
오목렌즈 안으로 달려들어 종이를 태우고야 마는 햇빛
줄기들처럼

내가 생각하는 동안은, 참으로 조심스런 손길이 아니
라면,
　내 팽팽히 당겨진 생각의 현을 함부로 튕기지 말아라
　그대로 성난 화살이 되어 날아갈지 모르니
　나는 시커멓게 솟아오르는 굴뚝연기가 되고
　붉으락푸르락 낯빛을 바꾸며 타오르는 불꽃이 된다
　나에게 잘못 손대면 이 뜨거움에 손이 데일 것이다
　새파랗게 날선 생각이 섞여들어온 피들을 속속들이 뒤
져 뽑아낸다
　그 많은 피들만으로도 생각은 한 볏단이다
　잠조차 생각으로 잔뜩 불그레한 나를 곤히 재우지 못
한다
　생각하는 나는
　생각하지 않는 나보다
　강하다
　무섭다
　겁없이 앞서 나간다

나의 생각은

비릿한 감자 내음처럼 강하다 온통
네 생각뿐인
나의 생각!

눈

눈이여, 너는
땅에 닿지 말아라
너는 하늘에서 와르르 무너져내리는 유리창, 공기의
하얗게 벌어지는 열매여서
땅에 내린 너는 깨어진 조각이고 으깨어진 열매이다
눈송이여, 잠깐만 나를 가두어다오
땅 위에서 나의 종적(蹤迹)을 찾을 수 없게

눈이여, 너는
땅에 살지 말아라
공중으로 잠깐씩 들어올려지고 싶은 육체들을 거두어
들이는
날아다니는 밀실(密室)이 되어라

길이 아닌 길

저렇게 잘 닦인 길이 왜 내 길이 아닌가?고
눈에 한참 밟히던 길이 있었다
아마 원주나 제천 가는 길목이었을 것이다
나는 그때 줄지어 가는 차들의 행렬에 끼여 있었다
세상엔 내가 알거나 모르는 수많은 갈래의 길이 있지만
그 길들은 그저 멀거나 조금 가까운 갈랫길일 뿐
내가 밟고 가는 길은 늘 하나의 길일 수밖에 없다
흔한 발자국들 찍힌 세상의 흔한 길 중 하나가 될지라도
저 의젓한 길은 어디로 향하는가,
여직껏 나와 다른 길을 밟아온 길,
내게서 멀지 않은 거리에 있으면서 그러나 나와는 다
른 곳을 향해 가고 있는
저 길은 어떤 까닭으로 이리로 이어져서 어떤 추억과
상처의 바퀴를 굴리기 위해 벋어 있는가,
저 길을 통해 다다를 수 있는 곳은 낯선 천국이라는 것
인가 아니면 낯선 오지라는 것인가, 저 길은
가는 길이 아니라는 것이다

단 한걸음도 들여놓지 못할 그 길을
나는 한동안 가슴에 담았었다
내 갈 길이 아닌 그대를

산수유나무

처음부터 그는 나의 눈길을 끌었다
키가 크고 가느스름한 이파리들이 마주보며 가지를 벋
어올리고 있는 그 나무는
주위의 나무들과 다르게 보였다
나는 걸음을 멈추고 그를 바라보기 위해 잠시 서 있었다
그의 이름은 산수유나무라고 했다
11월의 마지막 남은 가을이었다
산수유나무를 지나 걸음을 옮기면서 나는 이를테면 천
년 전에도
내가 그 나무에 내 영혼의 한 번뜩임을 걸어두었으리
라는 것을 알았다
이것이 되풀이될 산수유나무와 나의 조우이리라는 것을
영혼의 흔들림을 억누른 채 그저 묵묵히 지나치게 돼
있는 산수유나무와 나의 정해진 거리이리라는 것을

산수유나무를 두고 왔다 아니
산수유나무를 뿌리째 담아들고 왔다 그후로 나는

산수유나무의 여자가 되었다

다음 생에도 나는 감탄하며 그의 앞을 지나치리라

섬

원산도 월미도 강화도 우도 제주도
내가 가본 섬들의 이름이다
울릉도 마라도 상왕등도 하왕등도 홍도 흑산도 거문도
이름은 알지만 가보지 못한 섬들이다
비도 슬도 비안도 송이도 강이도 자은도 두미도 수우
도
이름조차 처음 들어보는 섬들이다
이 섬들을 다 가보기도 전에
섬들의 이름을 다 알기도 전에
섬으로 가는 몇만 킬로미터 물길 가운데서 나는 숨이
다해 가라앉을지도 모른다

내 속에도 내가 가본 몇개의 섬이 있다
나는 대개 내 발에 익은 그 몇개의 섬들만을 왕래하며
산다
그러나 내 안의 어느 뱃길에도 비도와 슬도 송이도들
이 있을지 모른다는 생각을 한다

이따금 섬 하나 둥싯 떠오르기라도 한다면
그 섬에 떨리며 발 디뎌보는 기쁨으로 거푸 살아갈 수
있다면

내 속에 낚싯대를 드리우면
건져올릴 수 있을까,
신생의 바다로 나를 떠오르게 할 섬

철 지난 옷에 달린 먼지 낀 주머니 속을 뒤지듯 손을 움
푹 찔러넣고
내 속을 오래 뒤적여본다

삶, 죄의 선로 위를 달리는

빨랫줄에 주르르 걸려 있는 양말짝들
한줄에 코 꿰고 있는 굴비 한두름
꼬리에 꼬리를 무는 차들의 행렬
선로 위를 순환하는 전동열차
배식구에 식판을 들고 늘어선 사람들
신생아실을 가득 메운 침대 위의 아기들
활짝 핀 흰 목련나무 아래 누렇게 져내린 목련 꽃잎들
에티오피아 780만, 케냐 240만, 소말리아 120만, 우간
다 20만, 수단 3만…… 가뭄 든 아프리카 대륙에서 죽어
나간 사람들의 수

어느날 내 뱃속에 덜컥 들어선 아이
무심코 받아들인 수많은 정액들
'엄마'라고 부르는 딸아이의 해맑은 얼굴
1만 3천5백5개의 내 입이 저지른 말들
2백63쪽의 종이 위에 저질러놓은 시들
이게 아닌데, 이게 다가 아닌데, 하며 넘보는 또다른 신

대륙

　　罪-罪-罪-를 세워놓고
　　하나만 건드리면 계속되는
　　죄의 도미노 게임,
　　하나가 무너지자 나머지는 너무 쉽게 무너지는

나는 알지 못한다, 다만

나는 선운사 동백이나 비슬산 참꽃이 아니다
고란사 홀로 숨어 피는 고란초는 더욱 아니다
나는 봄이면 담장 안에 흔히 피는 개나리이거나 목련
일 따름이다
담장 안에서 고개만 비죽 내밀고 보이는 만큼만 세상
을 구경하거나
더러 공원에 가면 사람들과 적당히 섞여 봄 한때의 정
취를 나누기도 한다
도시의 한길가에서 탁한 공기와 매연을 마시는 일도
마다치 않아야 한다

나는 동백이나 고란초의 남다른 고고함 또는 남모를
고초에 관해 알지 못한다 알 리 없을 것이다
나는 흔하디흔한 시정의 꽃으로 꽃 피워왔으며
그렇게 피고 지는 것밖에는 알지 못한다

다만 나는 꽃 피어 있음의 한편 희열과 한편 슬픔, 환멸

을 알 뿐이다
　개나리 목련으로 꽃핀 데 그친 내 생이
　생의 다가 아님을

사랑, 그것

내 팔을 가져다 머리를 베고 잠들었던 아이는
자다가 내 팔을 동댕이친다
아이가 휘두른 내 팔이 얼굴을 때린다
사랑은 곧잘 내 얼굴에 던져지는 모욕받은 내 팔이다
줄을 타고 작두를 타고 공중그네를 타는
힘겨운 재주 부리기다, 내가 하는 사랑은
네가 나를 가졌다 놓았다 하기에

비

네가 왔구나

기다리던, 오늘이, 네가 오기로 한, 그날이었구나

우리가 만날 수 있는 날은 쉬이 오지 않았다

네 안의 그렇게나 총총한 빗줄기만큼 많지 않았고

네 안의 긴 긴 빗줄기들보다도 짧았다

너는 오래 참았던 듯 머뭇거리지 않고 내게로 쏟아져

내린다

우리가 함께 한 지난 추억들이 네 목에서부터 어깨로

흐르는 선을 둥글게 하고 있는 것을 나는 본다

그리고 네 몸에 나 이전의 도처의 때가 묻어 있는 것도

너 이전의 여러 몸인 나는 네 몸을 내 안 깊이 찔러넣고

내 안에서 네가 연주하는 악기소리를 뱉어내며 세상

의, 땅 끝까지, 간다

속속들이 네 안의 빗줄기를 핥아버린 부푼 땅인 내가

너를 타고 올라 네 머리 위 하늘을 쏟아버린다

늙음에 관하여

눈에 보이는 것을
눈에 보이지 않는 것이 따라간다

육체가 먼저 가자고 하는 것이다

늙은 그는 내어줄 것 다 내어줘 뼈만 남았고
늙은 그녀는 힘에 부치는 몸뚱이를 어쩌지 못해 끙끙
댄다
그의 육체는 늙어서 그에겐 늘 모자랐고
그녀의 육체는 늙어서 그녀를 넘쳐났다

육체가 가자고 하는 대로 따라나서는 수밖에 없는 것
이다

그는 늙었다,
그녀는 늙었다,
는 것을 모두가 안다

육체가 망가져가고 있다는 것을
그와 그녀는 더이상 쥐도 새도 모르게, 감쪽같이, 숨기
지 못한다

육체가 말을 듣지 않는 것이다
육체는 지쳐서 이제 사납게 군다

늙을 것이다

어떻게?

아직은 젊은 육체에 조심스럽게 묻는다

수(數)

공같이 둥근 머리는 하나요,
반짝반짝 빛나는 눈은 둘이요,
냄새를 잘 맡는 코는 하나요,
냠냠 잘 먹는 입도 하나요,
음악소리 잘 듣는 귀는 둘이요,
튼튼한 팔다리가 둘씩이래요
피아노를 잘 치는 손가락은 몇일까
우리 모두 다 같이 세어봅시다
하나아두울셋네엣다아섯여서엇일곱녀덟아홉녈*

아이는 수를 센다
손가락 발가락을 세고
색연필 수를 세고
싸인펜 수를 세고
가장 큰 수를 찾아 O표 하고
가장 작은 수를 찾아 O표 하고
같은 수끼리 잇고
빠진 수를 채워넣고

희석이가 가진 장난감이 윤주가 가진 것보다 두 개 많
다는 것을 알아내고

몇월 며칠 날짜를 쓰고
제 나이를 답하고

아빠 엄마의 나이를 묻고
몇시 몇분 시계바늘을 배운다

아이가 수를 센다
더러 모자라고 더러 넘치는
열 손가락을 열심히 불러들였다 불러세우며
더하고 빼는 셈을 한다

수,
몰라서는 안되고
기어이 알아야만 할

네 인생의 함(陷)
수(數)

너는 이제 그, 무서운 시작이다

* 어린이들이 부르는 동요.

네가 그 위에 앉아 있을 때

딸아이가 변기 위에 앉아 있을 때
변기 위에 맨살을 드러낸 채 등을 구부리고 앉아 있을
때
바지가 무릎께 걸려 있는 짧은 두 다리가
아직 바닥에도 닿지 못하고 대롱거리고 있을 때
잠자다가 눈도 못 뜬 채 속옷 바람으로 어정어정 걸어
나와
고개를 수그리고 변기 위에 억지로 들려 있을 때

내가 너에게 한 짓이 무엇이냐
한평생 거기에서 놓여날 길 없는
변기 위에 너를 잡아앉힌 것?

산고, 탈고, 배설고

낳는 힘 못지않다
버리거나
비우는 데 드는
안에 가득 찬 것을 밖으로 드러내거나
쏟아내는 데 드는 힘
나는 땀을 뻘뻘 흘리며
이를 악문다
꼭꼭 씹어 삼켜도 신음소리가 새나온다
배가 아프다
엉덩이가 배기고 다리가 저리다
좀처럼 끝이 보이지 않는다
한고비를 넘기면 다른 한고비다
그냥 이쯤에서 그만두고 싶다
하지만 여기서 그만두면 여기서 다시 시작해야 한다
끝나지 않는다
조금만 더 참아야지,
끝이 가까워오고 있다는 걸 알게 되는 때가 있다

이제 곧 끝날 것이다

이 수고(受苦)로움

이 고(苦)로움

다 넘기면

고단함에 한풀 꺾어진 내 몸엔

280일간의 회임(懷妊), 그 장고(長苦)가 남긴 죽은 자줏

빛 줄무늬만 또 한줄

아아, 길고 깊게 그어져 있을 것이다

큰 기쁨은 그 줄무늬를 긋고서야 찾아온다

은지 비누

내가 비눗물로 자두를 씻자
여섯 살 은지는 자두를 가리키며
비누 자두라고 한다

은지가 비누로 손을 씻는다
처음에는 비누가 은지 손보다 커서 손에 쥐지 못하고
비누에 대고 손을 문지르기만 했었다
지금은 비누가 은지 손보다 작아져서 은지는 비누를
두 손바닥 사이에 넣고 고물고물 비빈다
곧 은지 손 안에서 거품만 남기고 사라질 것이다

비누는 은지보다 더 쑥쑥 자라서 쑥쑥 닳아진다
은지는 제 손보다 컸다가 제 손보다 작아지는 비누의
신기를 셀 수 없이 겪게 될 것이다
세상에 바쳐지는 비누의 노고를

은지야, 비누질해서 깨끗이 씻어라
더러운 것이 많이 묻었다

내려다보다

돗자리가 움직이는 것같이 보여 눈을 돌려 보니
한떼의 개미들이 기어다니고 있다
돗자리는 가만히 있는데
개미들만 그 틈새를 바쁘게 오가는 것이다
의자에 앉아 돗자리 깔린 바닥을 내려다보니
작은 개미들의 움직임이 낱낱이 눈에 들어온다
구멍 숭숭 뚫린 돗자리 위를 개미들은
내 눈에 들킨 줄도 모르고
내 눈에 그네들의 너른 세상인 돗자리가 얼마나 작고
허술한지도 모르고
쉴 새 없이 드나들고 있다

돗자리가 움직인 것이 아니었다
개미들이 돗자리를 움직이게 한 것이 아니었다
그 크지 않은 세상도 개미들 뜻대로 움직이지 않는다

개미들은 다 똑같이 생겼고 그들이 돗자리 위에서 벌
이는 일들도 서로 다를 것이 없다

이

잠들기 전 은지가 울며 제 이에서 빠져나온 보철을 내
밀었다
은지는 울먹이면서 내게 말했다
이젠 밥도 먹을 수 없고 어린이집에도 갈 수 없다고

한동안 내 입안에도 이 한개만큼의 빈 자리가 숨어 있
었다
스물여섯 개의 튼튼한 이보다도 한개의 없는 이가 내
입안을 꽉 채웠었다

살아 있을 때 아버지도 이가 없었다
이빨이 빠진 아버지는 사각의 집을 거의 벗어나지 않
았다
끝내 아버지는 그 빠진 이들을 채워넣지 못한 채
더 단단한 사각 안으로 영영 모습을 감춰버렸다

이 하나가 두 가지 슬픔으로 은지를 울렸듯이

아버지의 없는 이들은 굳게 다문 입속에서

아버지의 빈 잇몸들을 얼마나 야박하게 찔러댔을 것인

가

여름밤

방바닥을 옮겨다니며 잠 못드는 여름밤
　나를 잠들지 못하게 하는 건 바로 섭씨 30도를 넘어가
는 너라는 무더위다

　창문을 열고
　잠옷의 단추 몇개를 끄르고
　창문 쪽으로 몸을 가까이하고
　맨바닥에 몸을 누이고
　찬물로 몸을 씻고

　나는 너를 견디려고 밤내 허덕인다

　너와 나에겐 한번씩이다
　두번 주어지지 않는다
　너는 나의 현재이지만
　또한 흘러가버린, 죽은 장면이기도 하다
　나는 그 속의 너를 싱싱하게 건져올릴 수

　　　　　　없다
　없다
　　　　　　　　없다

한여름밤의 무더위, 그 열병(熱病) 중에서도
너는 내가 처음으로 겪는 무더위다

그러나 나를 놓지도 않고 잡지도 않는
너는 늘 차지 않는 사랑이어서
나에겐 선잠 드는 더운 밤들만 계속된다

네가 꽉 채운 나의 배는

아홉 달째 내 배는 계속 불러오고 있다
배는 단단하게 부풀어오른 반쪽의 공이 되어서
공기와 바람의 벽을 밀고 다니고 공간의 아가미를 둔
하게 하고 있다
이 배는 빛도 없는 컴컴함 가운데서 새로운 무엇을 키
우고 있다, 그것도 아주 무거운 것을
어둠속에 던져진 우연의, 또는 음험한 필연의 씨앗 하
나! 무거움을 꽃피우는
배가 무거워 내 몸 전체가 허덕인다
이 배는 내 몸의 무게만이 아니다
내가 이 배를 내밀고 다닐 때
나는 내 생의 무게를 달고 다니는 것이다
세상이 다 보란 듯 버젓이
나는 뒤뚱뒤뚱, 무거운 발걸음을 옮기는 것이다
고스란히 치러야 할 대가인 양 고분고분
주홍글씨 A 대신 금기(禁忌)의 배를 내밀고
그러나 사실 나는 속으로 쉼없이 타이르고 있는 것이다

이 무거움에서 놓여나는 길은

조금씩 덜어내는 것이 아니라 이 무거움을 끝까지 따
라가서

기어코 나오려 하는 이 뱃속의 것을 꺼내놓는 수밖에
없다는 것을

무거움의 막다른 배를 열면 무거움은 수천 송이 꽃들
로 갈라져 새로 태어나는가

내가 천사를 낳았다

내가 천사를 낳았다
배고프다고 울고
잠이 온다고 울고
안아달라고 우는
천사, 배부르면 행복하고
안아주면 그게 행복의 다인
천사, 두 눈을 말똥말똥
아무 생각 하지 않는
천사
누워 있는 이불이 새것이건 아니건
이불을 펼쳐놓은 방이 넓건 좁건
방을 담은 집이 크건 작건
아무것도 탓할 줄 모르는
천사

내 속에서 천사가 나왔다
내게 남은 것은 시커멓게 가라앉은 악의 찌끄러기뿐이다

손톱이 닮았다

너는 다시 주어진 기회다

너는 네 형이 새로이 내게로 온 것이고
내가 새로 받은 나의 몸이다

네가 너무 새것이어서 나는 겁이 난다
너를 망가뜨릴까봐

너와 나를 대본다,
너는 내 손톱부터 시작되지만
콩나무처럼 너는 하룻밤새 자란다

주황 감

어머님이 감을 깎아
접시에 그득 내어주신다

다른 과일들은 약을 먹고 자라지만
감은 약을 치지 않아도 잘 자란다고
어머님은 쑹덩쑹덩 썬 감을 내 앞에 들이밀며 나직나
직 말씀하신다

나는 주황 감 한조각을
마른 혀 속에 밀어넣는다

생후 3주일 된 갓난아기가 인큐베이터 속으로 들어갔
다

주사바늘을 꽂고
산소 호스를 대고
아이로손 브리카닐 리나치올…… 시럽

그 조그맣게 움을 틔운 몸에 독한 약을 쳤다
벌레 먹지 말라고
일찌감치 약을 쳤다

간이침대에 실려온 사람들이 고개를 간댕간댕 중환자
실로 들어갔다

한차례 약을 칠 모양이다

미끈미끈한 감 한조각을 한입씩 베어 물고
입안에서 천천히 씹었다 내가
감나무였어야 했다 주황 감 주렁주렁 매달린 나를
매단 것도 감나무였어야 했다

제2부

단풍

나는 더이상 푸르러지지 못하리라

내 몸 속에선 잎들이 와글와글 끓어오른다
남는 것은 갈수록 되레 진해지는 분노라서
짙어지는 상처라서
참지 못하겠다고 잎들이
내 살갗을 뚫고 숭숭 돋아나온다
불거진, 붉은
이파리들 잔뜩 내뱉은 이 나무가
안에서는 폐허를 만들고 있는 이 나무가
바로 단풍(丹楓), 나무다

나의 말은 더이상 푸르지 못하리라
내가 말을 꺼내면 나의 입속에선 붉은 잎들이 튀어나
오리라

해가 쌓여서 내 안엔 붉은 응어리가 졌다

전야

2000년 12월 31일은 2000년의 마지막 밤이자 2001년
의 전야였다

모든 전날 밤은
마지막 밤이기도 하다
우리가 서로의 몸을 안타까이 끌어안고
사랑한다고 말하는 이 밤도
이 사랑의 마지막 밤,
우리 헤어짐의 찬 새벽이 동터오는
전날 밤이 아니던가!

먹을수록 나는 자꾸

배가 고파서 나는 우유를 먹었다
우유로 모자라 나는 죽을 먹었다
죽으로 모자라 나는 밥을 먹기 시작했다
밥 한 숟가락으로 모자라 두 숟가락 세 숟가락 밥 한 그
릇
밥 한 그릇으로도 모자라 나는 빵을 먹기 시작했다 빵
한 개 빵 두 개……
먹을수록 나는 자꾸 먹고 싶어졌다

어제 생각했던 것을 오늘 또 생각했다
조금 아까 생각하다 만 것을 지금 또 생각한다
생각하고 생각하고 또 생각해도
생각은 생각의 두더지 굴을 판다

책 한 권을 읽었다
한 권을 읽고 나니 알고 싶은 게 많아져서 또 한 권을
읽었다

두 권을 읽고 나니 모르는 게 많아져서 또 한 권을 읽었
다
세 권을 읽고도 궁금증이 채워지지 않아 또 한 권을 읽
었다
다섯 권 여섯 권 일곱 권……
읽을수록 책은 꼬리에 꼬리를 물었다

나는 날마다 먹고 생각하고 그리고 읽는다
그래도 날마다 먹고 생각하고 그리고 읽어야 한다
이 달래지지 않는 허기, 육체를 다 잡아먹고 나서야 끝
날 것인가

지호야, 지호야

지호야,
너에게 나를 다 줄 수가 없구나

내 비좁은 머리속엔 하루에도 몇몇 가지 궁리와
몇몇 가지 추억과
몇몇 가지 상상과
몇몇 얼굴들이 두서없이 떠다니다 꺼져간다

나는, 어쩌면, 못쓰게 된 것들 못쓰게 될 것들을 모아서
내 뼈를 삼고 있는지 모른다
내 몸을 세워놓고 있는 이 뼈가 어느 구석인가부터 당
긴다 궁리와 추억과 상상과 얼굴들로 마저 인대를 삼지
않는다면 투두둑, 부러질 것만 같다

지호야,
너에게 나를 다 바칠 수가 없구나

　너와 만나기까지 내 등을 토닥여온 세월의 손바닥이
자못 두툼하고
　내 앞에 놓인 시간은 어느덧 가늘어질 빗줄기와도 같
다

　입술이 바짝 타들어가서 지호야,
　나에겐 너를 사랑하는 데 모두를 거는 일 말고도
　해야 할 일이 있구나 너의 엄마는
　버려야 할 욕심이 아직 많이 남았나 보다

영자라는 이름

80kg의 몸무게와 함께 그녀는 처음 세상에
세상이, 앙큼하게도, 네 개의 모서리 안에 자기 몸의 곳
곳을
죄다 발기고 있는 TV 화면에 모습을 드러냈다
80kg의 몸무게가 세상에 알려진 그녀였다
그녀는 그 무게만큼 화면을 채웠고 그 무게만큼 유쾌
했다
지금 그녀의 다이어트가 특종이다
스포츠 신문엔 그녀의 전신 사진이 실리고
TV에선 그녀의 살빼기를 특집으로 다루었다
무려 20kg의 살을 빼고 그녀는 이제 그녀 자신의 결혼
작전에 나섰다
살아, 살아, 를 외치며 이영자라는 이름을 만들어온 그
녀에게 살은
버블이었던가 부실이었던가

산골 소녀 영자는 더이상 산골 소녀가 아니다

그녀가 산골 소녀라는 사실이 알려지면서부터 그녀는
산골 소녀이기를 거부했기 때문이다
컴퓨터와 핸드폰이 실타래처럼 그녀를 삼척시 신기면
대평 1리에서 불러내왔다
도시의 곁방살이 영자는
이제 이지러진 도시의 낙화다

영자라는 이름
붙이기 쉬워 부르기 쉬워
붙여졌을 이름
아직도 많은 이름
영자라는 이름 여자에게 붙는 이름

당신의 별난 식탐

당신이 내 곁에 없다
당신은 어디에 있는가

나는 당신을 찾으려 괜한 잠에도 들어보고
바르트의 책장을 넘기며 낡았어도 늘 새로운 사랑의
단상들을 뒤지고
당신이 써놓고 간 편지를 되풀이 읽으며 행간에 눈길
이 멎고
젓가락이 집어올리는 밥알들을 헤어보고
흘러가는 시간이 간간 띄워보내는 버들잎사귀 추억들
을 건져올린다
그렇게 당신을 찾아 한동안 뒤지다보면
당신은 밖에 있는 것이 아니다
당신이 내게서 멀리 가버렸던 것이 아니다
내가 손을 넣어 뒤지고 있는 것은 아으 나의 몸이다
나의 속 너무 깊숙이 집어넣어 잘 보이지 않는 당신을
찾아내겠다고

오장육부(五臟六腑) 내 속주머니들이 다 뒤집어지는 줄
도 모르고 있었던 것이다

당신은 내 안에 있으나 내 곁에 없다
내 곁에 없으면서 당신은 내 안에서
나의 내장들을 갉아먹고 내 피를 데워 마신다

기억의 고집

어느날 아침 잠에서 깨어나 자리에서 일어났을 때
그것이 도졌음을 알게 된다
안지도 못하고 서지도 못하고
이쪽으로 몇발짝 저쪽으로 몇발짝
땅 위로 불끈 돋아난 1백 60cm의 처치 곤란한 가시처
럼
발끝부터 머리끝까지 나를 뾰족하게 곤두세우는
방광염이다 나에게 기억이란
실어 보내고 보내도 다시 떠밀려오는 내 마음바다의
보트 피플

여우비

햇살인 줄만 알았던가
어떻게 햇살이기만 하겠는가
그대 다문 입가에 느닷없는 찬 빗방울 떨어질 때 고개
들어 샅샅이 바라보라
　나 언제나 그대 눈과 손과 귓가에 가볍게 닿으려는 환
한 햇살이지만
　이 햇살엔 그대와 나를 다 적실 수 있는 위험한 비가 감
춰져 있는 것을

조로(早老)의 화몽(花夢)

"엇젼지 눈물이 흘늡니다그려. 당신들을 대하매
내가 꼿을 피엿든 때를 회억(回憶)하여지는구려"
　망양초(望洋草)는 백장미와 홍장미를 갓가히
안치고 그가 젊엇슬 때에 담홍색의 꼿을 피엿슬
때 한 옛젹의 니약이를 시작하려 한다.
　　　　　　— 김탄실 수필 「조로(朝露)의 화몽(花夢)」에서

미안하지만, 백장미 홍장미여

나는 날마다 새로 피는 꽃이다

나는 지는 꽃이 아니요

떨어지는 꽃잎도 모른다

누군가 시든 꽃잎을 허옇게 빼물며 나에게 물었다

날마다 다른 빛깔 때론 다른 모양의 꽃잎을 다는 게 귀
찮지 않으냐고

그저 웃었을 뿐이지만

나에겐 그 하룻동안이면 끝자락이 처지는 한철이다

하루가 채 가기도 전에 나는 벌써 나를 새로 그리고 싶
어진다

나는 무언가 늘 모자라고 어딘가 늘 고칠 데가 있는 것

이다

  알아챘는가, 나는 날이 새면 종이에 다시 그려지는 종
이꽃이다

  나는 늙는 게 싫어서 종이에게 내 영혼을 팔았다

  나는 종이 위에서 날마다 조금씩 색깔과 모양을 바꾸
며

  언제까지나 젊고 새로울 것이다

  나는 늙지 않고 진행중인, 젊음을 향해 수정중인 꽃이
다

  백장미 홍장미여,

  담홍의 추억도 나는 종이에다 말리련다

  멀찌가니 저쯤에 날아가지 않는 남호접 한마리를 그려
넣어다오

생옥수수알

죽은 열다섯살 소년의 입안에는
채 씹어 넘기지 못한 생옥수수알들이 가득했다

청송교도소 독방에서 발견된 청년은
변기에 얼굴을 처박고 무언가를 토해내는 듯한 자세였다

어떤 절박함이
생옥수수알을 씹어 삼키게도
토해내게도 한다

때로 살아 있는 내 입안에서도 와글거린다, 생옥수수
알들
　내 속에서 되올려진 것인지 입안으로 들어온 것인지
모를 옥수수알들로 꽉 차서
　다물어지지도 벌어지지도 않는
　씹어 삼켜야 할지 토해내야 할지를 묻는 듯한 나의 입

풀리지 않는 의문처럼 비죽이 나온

가을 잎

가을이 되어 나무들이 혈안(血眼)의 잎들을 토해내는
까닭을 이제야 짐작하겠다
곧 겨울이 닥치고
첫 파수(破水)의 기억만 어렴풋, 나무들의 자궁이 닫히
기 때문이다

낳는다는 것은
나의 죽어가는 세포가 새로운 세포를 만들어내는 것이
다

나의 아이들, 가을에 떨군 내 잎들

눈

꿈에 눈 뜨고 있는 나무를 보았다
나무에 검고 커다란 눈 하나가 매달려 있는 것을
바라본 것은 나의 눈이었지만
나는 그 눈에 내가 비치고 있다고 생각했다

나무에도 눈이 있었다니!

세상의 아무도 나를 못 보았다고 해도
그 눈이 나를 밝혀내리라
나뭇가지 사이 반달처럼 걸린 외짝 눈에
숨어 있던 내가 들키리라

사랑, 그것

칠순의 어머니는 자식과 손주를 위해 아직도 매일 밥
상을 차리신다

딸아이가 어느날 내게 명령했다
이제부터 매일 머리를 감겨달라고, 늙어 죽을 때까지
아이의 머리카락이 내 온몸을 꽁꽁 휘감았다

그는 나를 늦도록 잠 못들게 하고
나의 머릿속 뭉게뭉게 먹장구름을 불러모으고 마침내
그 없는 나의 외로움의 짚을 데 없는 공중!

한데
도무지
뿌리칠 수가 없는
너, 너의
착취

하루

당신이 없는 하루, 세상에서 제일 긴 혀가 달린 하루
당신과 있는 하루, 세상에서 제일 혀가 짧아지는 하루

접고 접고 접어대도
꿰매고 꿰매고 꿰매어도
자르고 자르고 잘라내도
당신이 없는 하루, 마법에 걸린 재단사의 마냥 줄지 않
는 옷감
빨리 마름질해 없애고 싶은

어디에다 둘둘 말아넣을까
말아넣었다가 당신이 오는 날 두루두루 펼쳐서
짧은 혀나 이을까

비

하늘의 수만 대 낚싯줄

창을 가린다

눈앞을 온통 가린다

오늘은 어떤 얼굴들에서 몇만 마리나 되는 물고기들을

낚으려 하는 것일까

저 빗줄기, 세계와 나 사이에 질러진 빗장,

내가 보아야 하는 것은

비 뒤편에 있는데

저 비를 뚫고

내 두 눈도 물고기처럼 꿈벅꿈벅 가야 하는데

빗줄기에 아가미가 엉켜들어

창문을 휘어감은

창문에 펼쳐진 한세계를 사로잡은

소리가 들리는 거미줄

그 가늘지만 질긴 포획에

내 두 마리 물고기가 걸려들어 파닥파닥

stump

영어책을 펼치자 짤막하고 통통한 단어 하나가 튀어
나왔다

stump

〔stʌmp〕

stum-p 스텀-프

(연필 따위의) 쓰다 남은 몽당이

(담배 양초의) 끄트머리

(손이나 발의) 잘리고 남은 부분

나무 그루터기

up a stump; 옴짝달싹 못하게 되어, 곤경에 빠지다

너 stump지?

영어책 속에서 stump가 말을 걸어왔다

아니, 나는 stump가 아니야, 나는 stump가 되고 싶지
않아

너 stump 맞지?

……그래, 나 stump

나는야 울퉁불퉁 우둘투둘 그루터기만 남은 stumpy road

내 안을 거쳐 가려니 힘이 들다고?

이 길은 누구나를 위해 닦여진 편한 길도 유쾌한 길도 아니야

그렇지만 꼭 여기를 거쳐가게 돼 있는 이들이 있어

나무들은 언제 다 베어 갔지?

세월은 가고 내 안엔 군데군데 그루터기만 늘어

나무가 우뚝 서 있던 자리

그 나무가 베어져나간 자국

영어책을 펼치자 내게 jump해온 단어, stump!

은행 한알이

은행 한알이 나를 때렸다
아프게 나를 때렸다
내가 무심코 그 나무 아래를 지나갈 때 거기서
단단한 결심처럼 떨어져내리던 작은 은행 한알과 몸이
부딪쳤다

누가 던졌을까 무엇이었을까
처음엔 심술궂은 돌멩이였다가
장난꾸러기 새총알이었다가
누가 나를 겨냥했을까

작은 은행 한알이었다
나무가 은행 한알에 그의 전부를 내어던질 때
내가 그 밑을 지나가고 있었다
은행 한알이었다 아픔이었다 짧으나 호된

길을 걷는 내 몸에 부딪쳐, 잠시였다

발 아래로 굴러떨어졌다 흘깃 돌아보고 말았을 뿐이었
다

한알의 단단함이 다른 단단함의 바닥을 치는,
길에서의 너무 짧았던 깨달음

안개

11월의 밤 그대와 내가 만나던 거리엔 안개가 가득했다
처음으로 본 그렇게나 많은 안개

물어보아야 할까

안개의 속은?
안개
안개의 끝은?
안개
안개를 뚫고 나가면?
도로 안개
때로 안개가 더 나은 답이 될 수도 있다

안개가 걷히고 나면?
그 자리 그대로 너무 탄탄하게만 보이는 콘크리트 건
물, 그대라는
간판으로만 알아볼 수 있는

제3부

꽃이 피는구나!

나는 내 책상 위에 조그만 해바라기와 장미 화분을 사
다놓았다
물을 주지 않아도 그 꽃들은 시들거나 지지 않는다
그것은 필 줄도 질 줄도 모르는 종이꽃,
피어 있는 채로 영원히 멎어버린 꽃이다

아, 목련이 피는구나! 으아, 목련이
지는구나!
자연의 손이 부풀려올리고 그 손으로 다시 털어내는
자연의 꽃,
피고 지고 피고 지는 꽃에 내 마음은 닳도록 속고

도회의 양식 인류인 나의 딱딱하고 차가운 손이 꽃송
이들을 지게 할까봐
내 손은 살아 있는 꽃들을 가까이하려 하지 않는다

사랑, 그것

그러고 보니 나는 어느덧 덜그럭거리는 철물점이 돼
가고 있었다
그렇다고 내 가게가 크기를 늘려왔던 것은 아니다
그저 흘러들어온 것들과 때로 애써 모은 것들, 더러는
쓴웃음으로 떠안아야 했던 것들이 누런 고철들이 되어서
빈곳을 남기지 않았던 것뿐이었다
잘못 벽에서 튕겨져나온 굵은 못처럼 그때 네가
내 심장으로 날아들어온 것은 어쩌면 우연만이 아니었
을지 모른다
그리고 너는 너를 쫓는 숙명의 쇠망치까지 불러들였다
못과 쇠망치가 쩡쩡 철물점의 덜그럭거리는 일상을 들
어엎는 소리에
나의 얇다란 심장은 곧 멎어버릴 듯 빨라지고

그래, 나를 부수며 계속 너를 던져다오
내 네게 꼭 맞는 무덤이 되어주마
너와 내가 서로 몸을 으스러지게 끌어안고 한무더기
고철로 변해간들 어떠랴

그가 키운 자연

퇴직하고 나서 그는 작은 앞마당에 감나무 한그루를
심었다

그가 심은 감나무 아래서 그는 하루의 대부분을 보냈다
감나무 아래서 혼자 알지 못할 상념에 젖고
드물게 찾아오는 사람들과 고기를 구워먹고 술을 마
시고
감나무를 바라보느라 등지고 선 채 식구들과 얘기를
나누고
감나무 아래서 신문을 펼쳐 들고 이따금 투덜거렸다
어쩔 수 없이 집을 팔고 이사하게 되었을 때
그는 감나무에 열린 감을 하나도 남김없이 몽땅 따 가
지고 갔다
언제부터 그의 속에 그토록 탐욕스러운 감나무가 자라
고 있었던 것일까

마침내 그가 세상을 버렸을 때 무덤 속 그의 몸은 흙으

로 가득 채워졌고
  그의 무덤 위에는 풀들이 무성하게 자라났다

새

오늘 아침 어느 틈으론지 날아들어와 한참을 앉았다
아이가 손을 뻗어 잡으려 하자 포르르
날아가버린 새에 관한 이야기를
아이는 한번 두번 자꾸만 듣고 싶어했다
처음엔 장난감 새인 줄 알았던 것이
진짜 새가 되어 날개를 치며 날아간 그 짧은 순간의 기
억을
아이는 엄마의 입을 통해 되살리고 싶은가 보다
날아간 새를 엄마의 입안에 가두려는가 보다
엄마가 '새'라고 말할 때마다 그 '새'가
날아간 새의 영혼을 불러들이기라도 한다는 듯이

엄마는 어릴 적 새에 관한 얘기를 오래 전부터 글로 써
왔다
그때 날아간 새는 아직 되돌아오지 않았다
이후로도 새의 얘기는 그치지 않고 되풀이 씌어질 것
이다

새가 '새'가 되거나
'새'가 새가 될 때까지

헌화

양지바른 곳을 찾아 조심스레 흙을 파고
그 안 깊이 꽃씨를 뿌렸다
꽃씨가 흙에서 편히 잠들도록 파헤친 흙을 다시 모아
행여 발끝이 보일까 꼭꼭 덮어주었다

어느 해 봄 다 피우고 남은 꽃씨를 고이
흙에 바치다
다시 한번 꽃 피워 보려느냐고
사력으로 아름다운 꽃 피울 수 있겠느냐고

다음해 봄날 찾아간
즐비한 꽃씨들의 묘역
저마다의 눈부신 헌화(獻花), 당신 무덤가에도
당신 영혼의 꽃씨를 피워올리듯!

사랑, 그것

"나 때문에 화났어?"
딸아이가 묻는다
그래, 너 때문에 등줄기가 벌겋게 도드라지도록 화가
난다
　내가 아껴두고 발라먹는 행복주머니, 그것마저 네 허
리춤에 차여져 있는 것이기에

수박씨

내 안에 일찍이 이런 세계가 숨어 있었던 줄은 몰랐다
달콤하고 거대하며
이렇듯 나를 들뜨게 할

나는 어둠속에 묻힌 아주 작은 씨앗이었으며
나에게 생이란 퀴퀴한 흙냄새뿐이리라고 생각했다

꽤나 길게 느껴지던 시간을 견디고 나자
흙 속 어딘가에서 조금씩 단내가 감돌았다
그리고 어느날 세상은 더이상 흙빛이 아니었다, 나는
달콤함의 한가운데에 둥싯 떠 있었다 나는 그 망망대해
를 누볐다
몸이 점점 가라앉고 있는 줄도 모르고

마침내 수박 한덩이가 쩌억 갈라졌을 때
절정에 달한 한 세계가 눈부시게 펼쳐졌을 때 나는
그 수박을 키워낸 위대한 씨앗이 아니었다 나는

크고 둥그런 수박의 속살에 미운 점 박인 작고 까만 씨
앗이었다
버려져야 할, 수박의 달콤함을 더하기 위해 마지막으
로
수박으로부터 떨어져나와야 할

꽃게

—맛, 그리고 교전

도대체 꽃게가 뭐기에?*

연평도 어부는 날마다 꽃게 잡으러 나간다 바다로

한마리의 꽃게를 건져올리기 위한 것이 아니라면
그의 생에 가로놓인 저 막막한 바다란 그에게 무슨 의
미가 있을 것인가?

바닷속 모래바닥 깊이 숨어 있을, 그의 어두운 눈과 더
딘 손이 아직 닿지 못한
그를 위해 태어난 한마리 꽃게를 위해
그는 날마다 바다를 뒤집는다, 그의 손바닥에 엎어지
는 바다

적색선이 가둬두랴, 총알에 가려지더냐, 꽃게
어부는 꽃게를 쫓을 때만이 어부다

꽃게가 뭐기에,
어부는 훌쩍 사선을 넘고
그가 잡은 꽃게가 먹힐 때마다
어부, 그의 집게다리 같은 욕망도
그가 던진 그물에 걸려 꽃게와 함께
이게 죽음이다 알 때까지 지치지도 않고 파닥거린다

* 한겨레신문 2002년 7월 10일자 이지은 기자의 글에서 인용함.

잃어버린 반지

어느 날 손을 씻다가
손가락에서 미끄러져나온 반지가 세면대의 배수구 속
으로 사라졌다면,
미처 손써볼 새도 없이 아끼던 반지를 어이없이 잃어
버렸다면,
그것이 그렇게 돼야만 할 반지의 운명이었다고 말할
수 있을까
반지가 손가락에 허술하게 끼워져 있던 것은 나의 부
주의였고
배수구 속으로 영영 자취를 감추기 전에 반지를 붙들
지 못한 것은 나의 실수 아니었던가
그 다음은 어떠했나
내 힘으론 어찌할 수 없는 일이었다고 쉽게 체념하고
위로하지 않았던가

세월이 흘러 새로운 반지를 손가락에 끼면서 문득
그때의 잃어버린 반지를 떠올린다

그것은 운명이 아니었다, 그것은 내가 놓치지 말아야
할 것을 놓쳐버리는 장면이었다고

이미자와 김추자

평양 공연을 간 이미자의 노래를 듣는다

동백아가씨, 여자의 일생, 아씨, 으레 이런 노래들 이미
자가 부르는 노래들

이미자는 아직까지도 변함없는 목소리로 노래를 부른다

백년에 한번이라는 그녀의 목소리

옆방에서 귀동냥으로 듣다가도 '역시 잘하는구나' 귀가
솔깃해지는 노래들

이미자는 자타가 인정하듯 우리 가요사에서 몇손가락
안에 꼽히는 가수다

많은 사람들이 그녀의 노래를 좋아하고

나는 이미자의 노래에 푹 빠져든 적은 없지만

그녀를 '엘레지의 여왕', 최고의 가수라 부르는 세간의
평에는 이의를 달지 않는다

그러나 내가 이따금 듣는 것은 김추자의 노래다

한때 노래하다 사라진 김추자 몇곡 들으면 끝나버리는
김추자

님은 먼 곳에, 거짓말이야, 나뭇잎이 떨어져서, 때로는
폭발적이고 때로는 흐느적거리는
　나를 빨아들이는 그녀의 노래들
　김추자의 노래를 좋아하는 사람은 얼마나 될까 그녀를
기억하는 사람은
　그녀는 최고라고 평해지진 않지만
　꽤나 매력적인 가수였음엔 틀림없다

　李美子냐, 金秋子냐
　나는 종종 그 기로에 선다
　내겐 늘 그 저울질이 어렵다
　李美子도, 金秋子도
　그렇다, 그것이 쉽지 않다

유도화(柳桃花)

버들잎 같은 두껍고 좁은 잎, 대나무를 연상케 하는 가
는 줄기, 복숭아꽃 색깔과 같은 화려한 꽃
나를 유도화라 부르는가 꽃이라 하는가

일러두건대 나는, 허울은 꽃이로되 꽃을 피운 독이다
안에서 울컥거리는 독기를 가누다 못해 입술 깨물어
꽃이 돼버린

세상 모든 땅이 다 나를 자라게 할 따스한 흙을 일구고
있는 건 아니구나
아니면 내가 잔뜩 도사린 꽃이든지

꽃의 허망을 살아갈수록
허망의 아름다움에 집착할수록
더욱 혀끝에 감겨오는 독의 감칠맛
독의 기운이 온몸을 비틀며 퍼져오를 때 나는 더 붉고
화려하게 꽃핀다

내게 다가오지 마라 다가와서 나를 함부로 꺾으려 하
지 마라

나는 언제든 너를 향해 내뱉을 독극물, 때로 내 몸이 까
맣게 타들어가도록 삼키고야 말 독극물이

입안 가득 고여 있는 꽃이다 독의 뜨끈함으로 불끈불
끈 피어오르는

내가 읽고 또 읽는 너의 몸

너의 몸은 단 하나가 아니다
너의 몸이 네 마음 갈래처럼 여러 줄기라 해도
나는 내 두 눈에 네 몸을 다 주워담는다
너의 몸을 이뤄낸 가느다란 뼈 하나까지도
그러다 문득 보일 듯 말 듯 내 눈이 놓친 네 몸 깊은 곳
아주 작고 검은 점들을 보게 된다, 네 오래 간직한 상처
내가 아직도 읽지 못했고, 끝내 다 읽을 수도 없을
너는 두꺼운 한권의 비밀!
나의 눈 바깥에 있는 또다른 너
너의 시작이 그랬듯이 뿔뿔이 흩어질 것만 같은 네 몸
에
내 두 눈을 온통 쏠리게 하는
때로 네 몸 하나가 내 두 눈의 천체(天體)가 된다

알츠하이머

80대 노인이 된 배우 찰톤 헤스톤이 알츠하이머 병에
걸렸음을 고백한다, 자신을 동정하지는 말아달라며
　서해 고속정 357호 조타실에서 27세 한상국 중사는 포
탄에 맞은 시신으로 발견된다

알츠하이머보다 포탄의 속도가 더 빨랐던 것뿐이다

20대, 그 흔들리는 서해를 건너뛰어 80대, 어둠침침한
알츠하이머 동굴에 이르기까지

다다르는 엔딩은
너무 빨랐거나 한없이 더디거나

잎사귀들이 모여 산다

아프리카 마오리족의 귀는
벌레 먹은 잎사귀처럼 휑하니 귀바퀴가 뚫려 있다
그들의 귀는 보통 귀와는 다르게 생겼지만
소리를 듣는 얼굴 양옆의 수문장인
그것은 분명 귀라 불리는 것이다
마오리족의 귀가 수많은 귀들 가운데 섞여 있는 하나
의 어김없는 귀이듯이
무성한 잎들 속에는 벌레 먹은 잎사귀들이 함께 있다
먼 옛날 한때는 일제히 임금 '王'자가 새겨진 잎사귀들
도 있었다
기다란 잎 동그스름한 잎
커다란 잎 작은 잎
햇빛을 많이 받는 잎 그늘에 가려진 잎
고스란히 비에 젖는 잎 바람막이가 되는 잎
위의 잎사귀가 비와 바람을 막아주는 지붕 밑의 잎
그 무수한 잎사귀들 모두가 그렇게 얼기설기
모여 지내는 나무숲이다

다가가 살짝 손바닥에 얹어놓고 들여다보아야만이
한잎 한잎 곡절이 드러나는

화양연화

가장 불행한 얼굴로
지금이 가장 행복한 때이노라고
리첸 부인은 말한다

"정말 많이 보고 싶지만, 먼 후일을 기약하기로 해요"
편지를 써야만 했던 날

살아갈 날보다
살아온 날들이 더 많고

게임은 거의 끝나가는데
남은 판은 더욱 절박한

사십세

행복은
불행이라는 돌틈에 숨은 작은 샘구멍

불행은
행복의 부서지기 쉬운 살을 감싼 갑각

알겠구나,
평생이
이 뗄 수 없는 연인들과의
부질없는 삼각관계임을!

불행의 적요한 한낮을
화(花)-아-양(樣)-연(年)-ㄴ-화(華) 라디오에서 노랫
소리가 흘러나올 때

불행은 자기가 빠져나갈 틈을 알고 있다

자화상

1

"자화상은 '나'라는 고유명사를 그린 게 아니고 남들 속에 같이 존재하는 '나'라는 대명사를 그린 것이다"라고 서양화가 강형구는 말한다. 그는 10년째 자화상만 고집해온 작가다

2

'화가는 자신의 모습을 그리는 사람'이라고 미켈란젤로는 주장했고

화가 뒤러는 열세살 소년시절부터 평생 자화상을 그렸다. 그리고, 피카소

20세기 최고의 예술가이기를 원했던 피카소도 패기만만한 청년 피카소에서 뼈마디가 드러나고 고통에 찌들고 창백한 얼굴의 아흔한살 피카소까지 끊임없이 자화상을 그렸다. '나, 피카소'

3

프리다 칼로는 그녀의 부러진 척추를 '부서진 기둥'으
로 비유한 자화상을 그렸다
그리고 빼놓을 수 없는 또 하나
꽃과 뱀과 여인, 천경자의 '내 슬픈 전설의 22페이지'

4

나의 펜도 종이 위를 빙빙 돌며 자화상을 그려가고 있
다, 늘 이게 아닌.
지독하게 슬프고 지독하게 잊히지 않는, 자화상을 그
려보고 싶다
'나, 이선영' 또는 '두 명의 프리다'가 그려졌듯 두 개의
반지를 끼고 있는 '두 명의 이선영'

지우개

내 몸에 선명하게 새겨진 너를,
내 몸 속 생생한 기록이었던 너를,
오래도록 내 행복과 불행의 주문(呪文)이었던 너를
오늘 힘주어 지운다

사납게 너를 지우며
너와 섞여 내가 지워지는 이 참상

이제야 깨닫는다
너를 지우는 일은
몸이 부서질 듯
나부터 지우는 일임을

지워야 할 너의 자취만큼
내 몸엔 베어먹힌 사과의 퀭한 이빨자죽!

종이에서 그득 털어내는 나의 부재(不在)

떠오른다

그냥 없어지는 것이 아니다

한달 후
강가에 떠오른 사체로
십년 후
전말이 드러난 유골로

불쑥 떠오른다
진실의 사체들
비밀의 유골들

거대한 둥근 연못인 지구를 돌고 돌아서

오랜 세월이 흘러도

기어이

떠오른다

일상·소멸 그리고 종이에게 영혼을 파는

이재복

1

이선영의 시에는 몸에 대한 민감한 자의식이 투영되어 있다. 첫 시집인 『오, 가엾은 비눗갑들』(1992)을 시작으로 『글자 속에 나를 구겨넣는다』(1996)를 거쳐 『평범에 바치다』(1999)에 이르기까지 몸에 대한 자의식은 그녀의 시쓰기의 한 원천으로 작용하고 있다. 그녀의 몸에 대한 자의식은 크게 보면 1990년대 이후 몸을 통한 여성의 정체성 찾기라는 페미니즘 시쓰기의 일환으로 간주할 수 있지만 여기에는 일정한 단서가 붙는다. 그녀의 시에는 몸에 대한 자의식이 투영되어 있지만 여느 페미니즘 시인의 시에서와는 달리 그 이념이 표나게 드러나지 않고 있다. 이것은 그녀의 몸에 대한 자의식이 일상의 차원에서 행해지고 있기 때문이다. 어떤 이념도 그것이 일상 속으로 들어오면 정치적 억압의 이분법적인 명료함의 사라짐으로 인해 그 이념의 기(氣 혹은 旗) 자체가 생경함을 벗고 좀더 은밀하고 유장한 흐름 속에 묻히게 된다. 시인의 자의식이 일상 속에서 생성된다는 것은 어쩔 수 없이 그 차원(일상의 차원)이 드러내는 가장 처절한 실존의 양식인 시간과의 싸움을 견디어내야 한다는 것을 의미한다.

이선영의 이번 시집은 일상 속의 소멸하는 자신의 존재(몸)에 대한 민감한 자의식을 잘 보여주고 있다. 일상 속의 소멸이란 그녀 시의 중심 화두이지만 시집에 따라 어느 정도의 편차를 드러내고 있는 것이 사실이다. 이번 시집의 경우 소멸에 대한 자의식의 정도가 다른 시집에서보다 훨씬 더 '나' 자신에 밀착되어 있다. 이것은 시적 주체인 나와 대상 사이의 심적 거리가 다른 어느 시집에서보다 가깝다는 것을 의미한다. 시인의 소멸에 대한 감정이입이 보다 직접적인 표현 형식을 얻고 있기 때문이다. 시인은 일상 속에서 소멸하는 자신의 존재를 드러내기 위해 다양한 비유 대상과 방식을 활용하고 있지만 그 중에서도 즐겨 활용하는 방식은 시간의 흐름 속에서 소멸의 길을 걸을 수밖에 없는 자연적인 대상을 향한 시적 의식의 투사이다.

시인이 비유 대상으로 끌어들인 '낙엽' '시든 꽃' '마른 꽃' '단풍' '가을 잎' 같은 질료들은 소멸과 관련해 이미 죽어버린 상징에 가까울 정도로 흔하게 활용되는 것들이다. 참신한 상징의 가능성을 희생하면서까지 이런 흔한 자연적인 질료들을 끌어들여 시인이 드러내고자 한 것은 무엇일까? 가령 시인은 낙엽을 보고 "때가 오면 저처럼 순순히 떨어져내려야 한다 / 내가 기댄 한 세계였던, 혹은 연인이었던 나무의 또다른 미래를 위해"(「낙엽」)라고 노래하고 있다. 이 대목 어디에서도 소멸과 관련해 참신한 상상과 표현의 묘를 발견할 수 없는 것이 사실이다. 또한 "꽃들은 끝내 시들고 / 시들지 않는 영혼만이 천년만년 새로운 꽃으로 옮겨다닌다"(「시든 꽃」)나 "속이 다 비고도 / 바스라지지 않는"(「마른 꽃」) 등의 대목이라든가 "나는 더이상 푸르러지지 못하리라"(「단풍」)나 "낳는다는 것은 / 나의 죽어가는 세포가 새로운 세포를 만들어내는 것이다"(「가을 잎」)라는 대목 어디에서도 낯선 형식과 내용을 발견할 수 없다. 여기에서 우리가 발견할 수 있는 것은 '존재하는 것은 소멸한다'는 진부함이 묻어나는 당위적인 사실이다. 그렇다면 시인은 왜 이런 당위적인 사실을 시 속에 담으려고 한 것일까?

이 물음에 대한 답은 일상에 대한 시인의 자의식에 있다고 할 수 있다. 시인이 체험한 일상은 진부하기 짝이 없는, 언제나 당위적인 사실 그 이상의 의미밖에는 가지지 않는 그런 세계인 것이다. 이러한 일상에 대해 시인은 낯선 형식의 옷을 입히지 않은 채 진부함을 진부함으로 드러내고 있는 것이다. 진부하기 짝이 없는 일상 속에서 점점 소멸되어가는 자신의 존재를 이렇게 가감없이 드러냄으로써 시인은 그만큼의 자의식을 가지게 되는 것이다. 시인이 가지는 자의식은 시간 속에서의 소멸을 지향한다는 점에서 상실감에서 오는 상처와 소외를 동반할 수밖에 없다. 시인이 자신을 "순순히 떨어져내려야"(「낙엽」) 하고 "끝내 시들고"(「시든 꽃」) 마는 존재로 표현한다든지 또는 "속이 다 빈"(「마른 꽃」) "더이상 푸르러지지 못하"(「단풍」)고 "죽어가는"(「가을 잎」) 존재로 표현한다는 것은 이미 그 속에 상실감에서 오는 심리적인 상처가 투영되어 있다는 것을 의미한다.

소멸에서 오는 상실감은 종종 소외의 형식으로 드러난다. 소외는 일반적으로 주체가 아닌 객체 혹은 타자의 의지에 의해 행해진다. 이런 점에서 상실과는 배치될 수 있지만 이 둘 모두 세계에 대한 분리체험을 공유한다는 사실을 고려한다면 상실감이 소외의 형식으로 드러난다는 것은 충분한 개연성을 가진다고 할 수 있다.

마침내 수박 한덩이가 쩌억 갈라졌을 때
절정에 달한 한 세계가 눈부시게 펼쳐졌을 때 나는
그 수박을 키워낸 위대한 씨앗이 아니었다 나는
크고 둥그런 수박의 속살에 미운 점 박인 작고 까만 씨앗이었다
버려져야 할, 수박의 달콤함을 더하기 위해 마지막으로
수박으로부터 떨어져나와야 할

—「수박씨」 부분

이 시는 '수박씨'를 통해 세계 상실과 여기에서 오는 소외를 노래하고 있다. '나'는 자신이 하나의 거대한 세계(수박)를 키워내는 '씨앗'이라고 생각한다. 시적 자아(씨앗)와 세계(수박)가 하나가 되는, 다시 말하면 자아와 세계 사이에 균열이나 틈이 없는 그런 온전한 세계를 나는 상상한 것이다. 하지만 "수박 한덩이가 쩌억 갈라졌을 때"(세계가 그 모습을 드러냈을 때) "나는 / 그 수박을 키워낸 위대한 씨앗"이 아님은 물론 "수박의 달콤함을 더

하기 위해 마지막으로 / 수박으로부터 떨어져나와야 할” 존재라는 것을 깨닫게 된다. 세계 그 자체라고 생각했던 자신이 결국에는 아무것도 아니라는 사실을 깨달음으로써 시인은 세계 상실의 아픔을 느끼고 그 세계로부터 철저하게 소외되기에 이른다.

세계의 상실과 소외를 경험한 시인은 밖이 아니라 안으로 겹겹이 벽을 쌓고 그 속에서 세계를 향해 독기를 품는다. 시인은 “내 안에 들어오면 / 모든 꽃들의 잎은 가시로 변한다”(「선인장」)고 노래하고 있다. 시인의 세계를 향한 독기는 꽃잎을 가시로 만들 정도로 강하고 매섭다. 그래서 시인은 자신을 “허울은 꽃이로되 꽃을 피운 독” 혹은 “안에서 울컥거리는 독기를 가누다 못해 입술 깨물어 꽃이 돼버린”(「유도화」) 존재로 규정하고 있다. 아름다운 꽃을 피우는 것이 아니라 그것을 하나의 죽음(가시, 독)으로 몰아간다는 점에서 시인의 존재는 세계에 대한 불모성을 면치 못하는 사막과 다르지 않다고 할 수 있다. 나는 사막과 같은 존재이기 때문에 아름다운 꽃을 틔우지 못한 채 “내게로 들어오는 꽃을 주저하듯 모조리 삼키고 / 꽃의 이파리들이 흉물스럽게 가시로 변해가는 모습을 무심히 바라보거나 / 여린 꽃들이 이따금 죽어가도록 내버려둔”(「선인장」)다.

시인이 세계에 대해 가시를 품고 독을 품게 된 것은 전적으로 시인 탓은 아니다. 시인에게도 "혼자서 실없이 터져버리는 무른 연시"(「생각은 감자 비린내처럼 강하다」) 같은 속성이 숨어 있다. 그러나 세상은 시인을 "연시"가 아닌 "매운 고추"나 "딴딴한 단감"이 되게 한다. 순수하고 유쾌하게 생긴 그대로 살게 내버려두는 것이 아니라 언제나 조종하고 통제하려는 욕망으로 이글거리는 세상 속에서 시인은 "이지러진 도시의 낙화"(「영자라는 이름」)가 될 수밖에 없다. 따라서 "영자라는 이름"은 "여자에게 붙는 이름"인 동시에 이 세상의 모든 소외받는 자의 이름이 되는 것이다. 소외받는 자의 연대감을 이 시에서 엿볼 수 있지만 시인은 그것을 정치적인 이념의 차원으로 밀고 나가지 않는다. 소외받는 자들끼리의 정치적인 연대란 근본적인 치유가 아니라는 것을 시인은 이미 알고 있기 때문이다. 시인이 치유의 방법으로 택한 것은 밖이 아니라 바로 내 안에서의 새로운 갱신이다. 이것이 가능한 것은 새로운 생명을 잉태하고 생산해내는 여성의 몸이 가지는 존재성(수유, 임신, 월경, 낙태) 때문이라고 할 수 있다.

‘사막의 거대한 선인장’이라고 스스로를 규정해버릴 정도로 황폐한 내면을 가진 시인의 존재가 조금씩 변하기 시작한 것은 "어느날 뱃속에 덜컥 들어선 아이"(「삶, 죄의 선로 위를 달리는」)로 인해서이다. 자신의 안에 들어선 아이의 존재를 감지하고 난 후 시인은 심적인 동요를 일으킨다. 뱃속의 아이는 ‘나’이면서 동시에 ‘나’가 아니기(하나도 아니고 둘도 아닌 존재) 때문이다. 온전히 ‘나’라면 황폐한 내면을 가진 존재로 살아갈 수 있지만 그것이 ‘나’이면서 동시에 ‘나’가 아니기 때문에 그렇게 할 수 없는 것이다. 여기에 시인의 불안이 있다. 이런 점에서 "아홉 달째 내 배는 계속 불러오고 있다"(「네가 꽉 채운 나의 배는」)는 시인의 진술은 그 불안의 생생한 표현이라고 할 수 있다.

배가 불러오면서 "몸 전체가 허덕"이(「네가 꽉 채운 나의 배는」)고 그만큼 불안도 커지지만 적어도 여기에는 죽음이 아닌 어떤 하나의 꿈틀거리는 존재론적인 사건이 있다. "이게 아닌데, 이게 다가 아닌데, 하"면서도 시인이 "또다른 신대륙"(「삶, 죄의 선로 위를 달리는」)을 넘보는 이유가 바로 여기에 있는 것이다. 이 꿈틀거림의 사건은 드

디어 시인의 몸에 길고 깊게 "자줏빛 줄무늬"를 긋고(「산
고, 탈고, 배설고」) 끝이 난다. 시인은 이 사건을 "큰 기쁨"
이라고 명명한다. 이 꿈틀거림의 사건 끝에 시인의 몸을
열고 나온 것은 무엇인가?

> 내가 천사를 낳았다
> 배고프다고 울고
> 잠이 온다고 울고
> 안아달라고 우는
> 천사, 배부르면 행복하고
> 안아주면 그게 행복의 다인
> 천사, 두 눈을 말똥말똥
> 아무 생각 하지 않는
> 천사
> (…)
>
> 내 속에서 천사가 나왔다
> 내게 남은 것은 시커멓게 가라앉은 악의 찌끄러기뿐
> 이다

—「내가 천사를 낳았다」 부분

시인이 낳은 것은 '천사'다. 나의 몸은 "시커멓게 가라 앉은 악의 찌끄러기"인데 그 몸에서 낳은 아이는 천사이 다. 천사이기에 "너는 다시 주어진 기회"이며, "너무 새 것이어서 나는 겁이 난"(「손톱이 닳았다」)다. 나의 몸과 아 기의 몸, 악의 찌끄러기와 천사의 대비(이 대비는 그의 시 에서 나/너, 알/어미, 호두껍데기·땡감/연시, 콩나무/ 단풍·꽃, 육체/영혼, 삶/죽음, 알츠하이머/포탄, 하늘/ 땅 등으로 변주되어 드러난다)는 시인의 의식의 지향을 강렬하게 추동하면서 시에 일정한 긴장을 불러일으킨다.

자신의 몸속에서 아이를 잉태하고 천사 같은 존재를 세상 밖으로 내놓으면서 시인이 되찾은 것은 '사랑'이다. 세계에 대해 독기를 품으면서 불모의 사막으로 변한 뒤 시인은 타자에 대한 인정과 관심을 상실했던 것이다. 아 이의 존재를 인정하고 그에게 온갖 관심을 쏟으면서 시 인은 점차 자신이 상실했던 사랑을 되찾게 된다. 타자에 게 무관심하고 아무것도 해줄 수 없었던 시인은 이제 자 신의 모든 것을 다 줄 수 없다는 사실에 고통스러워한다. 그리고 그 고통은 자연스럽게 자신에 대한 반성으로 이 어진다. 시인은 "지호야, / 너에게 나를 다 줄 수가 없구 나"(「지호야, 지호야」) 라고 탄식 섞인 말을 한 뒤 자신을 향해 "버려야 할 욕심이 아직 많이 남았"다고 질책한다.

시인의 이 목소리들은 더이상 모든 꽃잎을 집어삼켜 가시로 만드는 그런 독기어린 여인의 모습이 아니다.

아이를 통한 사랑의 회복은 타자에 대한 존재성의 회복으로 이어진다. 자연적인 대상에게서 소멸을 읽어내던 시인은 이제 그것과의 관계성에 새롭게 눈뜨게 된다.

처음부터 그는 나의 눈길을 끌었다
키가 크고 가느스름한 이파리들이 마주보며 가지를
벋어올리고 있는 그 나무는
주위의 나무들과 다르게 보였다
나는 걸음을 멈추고 그를 바라보기 위해 잠시 서 있
었다
그의 이름은 산수유나무라고 했다
11월의 마지막 남은 가을이었다
산수유나무를 지나 걸음을 옮기면서 나는 이를테면
천년 전에도
내가 그 나무에 내 영혼의 한 번뜩임을 걸어두었으
리라는 것을 알았다
이것이 되풀이될 산수유나무와 나의 조우이리라는
것을
영혼의 흔들림을 억누른 채 그저 묵묵히 지나치게

돼 있는 산수유나무와 나의 정해진 거리이리라는 것을

산수유나무를 두고 왔다 아니
산수유나무를 뿌리째 담아들고 왔다 그후로 나는
산수유나무의 여자가 되었다

다음 생에도 나는 감탄하며 그의 앞을 지나치리라
—「산수유나무」 전문

"산수유나무와 나의 조우"가 사랑의 정서 속에서 잔잔하게 드러나고 있는 시이다. 산수유나무에게서 시인이 읽어낸 것은 시간의 소멸을 넘어서는 영원한 생성의 이미지이다. 시인은 나와 산수유나무와의 만남이 천년 전부터 이어져온 것이라는 사실을 감지한다. 천년 전에 그 산수유나무에 시인 자신의 "영혼의 한 번뜩임을 걸어두었으리라는 것을 알"아차린 것이다. 산수유나무에게서 천년 전의 영혼을 감지한다는 것은 황폐한 사막의 불모성을 자신의 존재성이라고 규정하고 스스로를 세계 속에 가둔 저간의 사정을 고려한다면 놀라운 변화라고 할 수 있다. 타자(산수유나무)의 존재를 받아들임으로써 시인은 미래를 바라볼 수 있는 눈도 가지게 된다. 다음 생까지 내다보는 시인의 세계인식은 다소 나이브한 낭만적인 정서가 느껴짐에도 불구하고 타자에 대한 관심과 애정의 적극적인 의지 표명이라는 점에서 그녀 시의 중요한 흐름을 반영한다고 할 수 있다.

나를 넘어 너 혹은 당신을 향해 시인의 감수성이 뻗칠 때 세계는 좀더 유연하게 시 속으로 스며들어와 하나의 의미를 가지게 될 것이다. 너는 나 혹은 당신(시인)을 끊임없이 자극하고 긴장시키는 존재이다. 나는 "나의 속 너무 깊숙이 집어넣어 잘 보이지 않는 당신을 찾아내겠다고 / 오장육부(五臟六腑) 내 속주머니들이 다 뒤집어지는 줄도 모"를 수도 있고, 당신은 "내 안에서/ 나의 내장들을 갉아먹고 내 피를 데워 마"실(「당신의 별난 식탐」) 수도 있는 것이다. 나와 너 사이에 형성되는 이러한 긴장은 곧 소멸과 생성 사이에 형성되는 긴장이라고 할 수 있다. 일상의 시간 속에서 점점 소멸해가는 나의 존재를 새로운 생성의 장에서 거듭나게 하기 위해서는 너(타자)가 필요할 수밖에 없다. 이 나와 너 혹은 소멸과 생성 사이의 긴장이 글쓰기의 긴장으로 연결되면 그녀의 시 세계는 좀더 풍요로워질 것이다.

3

시인은 "늙는 게 싫어서 종이에게 영혼을" 판(「조로(早老)의 화몽(花夢)」)다. 이것은 시인의 시쓰기에 대한 하나의 메타포이다. 누구나 소멸하지 않고 영원한 세계를 꿈꾸는 것은 인지상정이다. 시인이기에 그것을 종이를 통해 꿈꾸는 것이다. 하지만 모든 꿈이 이루어지는 것은 아니다. 그것은 영혼을 파는 일이기 때문이다. 흔히 예술가들 혹은 시인들을 가리켜 '혼을 파는 사람들'이라고 한다. 하필이면 왜 혼일까? 육체를 파는 사람이라고 하면 안될까? 여기에서의 혼은 관습화된 용어라고 할 수 있다. 육체가 천박하고 일시적인 의미로 간주돼온 데 반해 혼은 고귀하고 영원한 것으로 간주돼온 것이 사실이다.

이런 점에서 볼 때 "늙는 게 싫어서 종이에게 영혼을" 판다는 말은 장인이 되고 싶은 시인의 욕망을 담고 있다고 할 수 있다. 장인이 되기 위해서는 무엇보다도 먼저 시간의 흐름을 견뎌야 한다. 도도한 시간의 흐름을 견뎌내고 시 하나로 영혼의 비단옷을 입을 때 비로소 장인은 탄생하는 것이다. 시간, 그 중에서도 가장 견디기 힘든 일상의 시간과의 싸움이 그녀의 시쓰기의 오랜 화두라는 점에서 이 말이 담고 있는 의미는 남다르다고 할 수 있

다. 일상의 시간과 어떤 긴장을 유지하느냐에 따라 그녀
시의 지형도는 달라져왔고 또 달라질 것이다. 일상은 무
미건조하고 권태로운 것이 사실이다. 하지만 그 안에는
비록 사소하고 비루하기는 하지만 모는 존재들이 생생하
게 살아 숨쉬고 있다. 이것은 일상이 실존의 장이면서 동
시에 시쓰기의 장이라는 것을 말해준다. 일상의 저 흉포
한 시간을 견디면서 종이에게 영혼을 파는 시인의 모습
이 그려진다.

李在福 | 문학평론가

시인의 말

　때로 삶은 암담함이지만, 또한 삶은 때로 기적이기도 하다. 그리고 나는 그 기적을 시 속에서 체험하며 시를 통해 가능한 기적이 있다는 것이 아직 내가 가진 믿음이다. 어쩌면 유일한 것일지 모르며 가장 놀라운 기적. 하긴 내가 쓴 한편의 시 자체가 나에겐 하나의 기적이었던 때도 있었다. 모든 삶의 누추함을 순식간에 광휘로 바꿔놓는.

　이제 그 기적도 다소 마술을 잃었지만, 나는 분명히 안다. 시를 잃은 시인은 다른 아무것도 될 수 없음을. '저주받은 땅에서도 피울 수 있는 꽃은 시밖에 없다'고 시인 이성복은 말했던가. 잃고 잃고 또 잃는다 해도 결코 잃어지지 않을 시가 있기에 시인은 맨 밑바닥에서도 맨 마지막까지 행복할 수 있는 존재임을.

　비록 육체의 늙어감을 슬퍼하는 중이지만, 다행하게도, 시는 늘 새로 태어나고 처음 태어난다. 이젠 내 손을 떠난 지나간 애인들을 보듯 약간은 배반당한 기분으로

여기 이 시들을 들여다보며 불현듯 오기에 차서 중얼거
려 본다, 아— 떠나간 너희들보다 더 좋은 시를 쓰고 싶다!

2003년 여름

이선영

창비시선 227

일찍 늙으매 꽃꿈

초판 발행／2003년 9월 22일

지은이／이선영
펴낸이／고세현
편집／고형렬 김정혜 문경미 안병률
펴낸곳／(주)창작과비평사
등록／1986년 8월 5일 제85호
주소／경기도 파주시 교하읍 문발리 출판문화정보산업단지 8-21
　　　우편번호 413-832
전화／031-955-3333
팩시밀리／영업 031-955-3400 · 편집 031-955-3399
홈페이지／www.changbi.com
전자우편／literat@changbi.com

ⓒ 이선영 2003
ISBN 89-364-2227-8 03810